Von Erich Kästner sind im Dressler Verlag
außerdem erschienen:

Als ich ein kleiner Junge war
Das doppelte Lottchen
Emil und die Detektive
Emil und die drei Zwillinge
Erich Kästner erzählt (Sammelband)
Das fliegende Klassenzimmer
Der 35. Mai
Der kleine Mann
Der kleine Mann und die kleine Miss
Die lustige Geschichtenkiste
Pünktchen und Anton
Das Schwein beim Friseur
Das verhexte Telefon

In der Reihe Dressler Klassiker:

Don Quichotte
Der gestiefelte Kater
Gullivers Reisen
Münchhausen
Die Schildbürger
Till Eulenspiegel
Die verschwundene Miniatur

Erich Kästner

DIE KONFERENZ DER TIERE

Nach einer Idee von Jella Lepman

Mit Illustrationen von Walter Trier

CECILIE DRESSLER VERLAG · HAMBURG
ATRIUM VERLAG · ZÜRICH

Cecilie Dressler Verlag GmbH & Co KG, Hamburg
Atrium Verlag AG, Zürich
© Atrium Verlag AG, Zürich 1990
Erstmals erschienen im Europa Verlag, Zürich 1949
Titelbild und Illustrationen von Walter Trier
Satz: Clausen & Bosse, Leck
Druck und Bindung: GGP Media, Pößneck
Printed in Germany 2004
ISBN 3-7915-3021-6

www.cecilie-dressler.de

telegramm an alle welt: –..– konferenz in london beendet –..– verhandlungen ergebnislos –..– bildung von vier internationalen kommissionen –..– nächste konferenz beschlossen –..– wegen tagungsort noch meinungsverschiedenheiten –..– –..– – –..– – – –

Eines schönen Tages wurde es den Tieren zu dumm. Der Löwe Alois, der sich mit Oskar, dem Elefanten, und dem Giraffenmännchen Leopold wie immer freitags zum Abendschoppen am Tsadsee in Nordafrika traf, sagte, seine Künstlermähne schüttelnd: »O diese Menschen! Wenn ich nicht so blond wäre, könnte ich mich auf der Stelle schwarz ärgern!«
Oskar, der Elefant, drehte sich unter dem eignen hoch erhobenen Rüssel, woraus er, wie unter einer lauen Badezimmerdusche, den

staubigen Rücken besprengte, räkelte sich faul und brummte etwas im tiefsten Bass vor sich hin, was die beiden anderen nicht verstanden.

Die Giraffe Leopold stand mit gegrätschten Beinen am Wasser und trank in kleinen hastigen Schlucken. Dann meinte sie, ach nein, er: »Schreckliche Leute! Und sie könnten's so hübsch haben! Sie tauchen wie die Fische, sie laufen wie wir, sie segeln wie die Enten, sie klettern wie die Gämsen und fliegen wie die Adler, und was bringen sie mit ihrer Tüchtigkeit zustande?«

»Kriege!«, knurrte der Löwe Alois. »Kriege bringen sie zustande. Und Revolutionen. Und Streiks. Und Hungersnöte. Und neue Krankheiten. Wenn ich nicht so blond wäre, könnte ich mich auf der Stelle …«

»Schwarz ärgern«, vollendete die Giraffe den Satz. Denn den kannten die Tiere der Wüste längst auswendig.

»Mir tun bloß die Kinder Leid, die sie haben«, meinte der Elefant Oskar und ließ die Ohren hängen. »So nette Kinder! Und immer müssen sie die Kriege und die Revolutionen und Streiks mitmachen, und dann sagen die Großen noch: Sie hätten alles nur getan, damit es den Kindern später einmal besser ginge. So eine Frechheit, was?«

»Ein Vetter meiner Frau«, erzählte Alois, »war während des letzten Weltkriegs an einem großen Zirkus in Deutschland engagiert. Als Balanceakt und Reifenspringer. Hasdrubal, der Wüstenschreck, ist

sein Künstlername. Bei einem schweren Luftangriff brannte das Zelt ab, und die Tiere rissen sich los …«

»Die armen Kinder«, brummte der große Elefant.

»… und die ganze Stadt stand in Flammen, und die Tiere und die Menschen schrien«, fuhr der Löwe fort, »und Hasdrubal, dem Vetter meiner Frau, sengte der glühende Wind die Mähne ab, und er trägt seitdem ein Toupet.« Wütend schlug Alois den Sand der Sahara mit seinem Schweif. »Diese Dummköpfe!«, brüllte er. »Immer wieder müssen sie Kriege machen, und kaum haben sie alles entzwei gemacht, raufen sie sich die Haare! Wenn ich nicht so blond wäre …«

»Schon gut«, unterbrach ihn die Giraffe. »Aber Schimpfen hilft nichts. Es müsste etwas geschehen!«

»Jawohl!«, trompetete Oskar, der Elefant. »Vor allem wegen der Kinder, die sie haben – aber was?«

Da ihnen nichts einfiel, trotteten sie betrübt heim.

Als Oskar nach Hause kam, wollten die Elefantenkinder nicht ins Bett, und das Kleinste rief: »Lies uns, bitte, noch was vor!« Da griff der Vater zur »Neuen Sahara-Illustrierten« und las mit lauter Stimme: »Vier Jahre nach dem Krieg gibt es in Europa immer noch viele Tausende von Kindern, die nicht wissen, wo ihre Eltern sind, und unzählige Eltern, die …«

»Hör auf, Oskar!«, sagte da seine Frau. »Das ist nichts für kleine Elefanten!«

Als Leopold heimkam, wollten die kleinen Giraffen noch nicht schlafen, und das Jüngste rief: »Bitte, Papa, lies uns was vor!« Da griff der Vater zum »Täglichen Sahara-Boten« und las: »Vier Jahre nach dem Kriege hat sich die Zahl der Flüchtlinge in Westdeutschland auf vierzehn Millionen, vorwiegend Greise und Kinder, er-

höht, und ihre Zahl nimmt von Monat zu Monat zu. Niemand will sie …«

»Hör auf, Leopold!«, sagte da seine Frau. »Das ist nichts für kleine Giraffen!«

Als Alois ins Schlafzimmer trat; riefen alle seine Kinder: »Bitte, bitte, lies uns noch was vor!« Da griff der Vater zum »Allgemeinen Sahara-Anzeiger«, sagte: »Seid schon still!«, und las: »Vier Jahre nach dem Krieg, der die halbe Welt zerstört hat und dessen Folgen auch heute noch nicht abzusehen sind, kursieren bereits Gerüchte von einem neuen Kriege, der sich heimlich vorbereite und nächstens …«

»Höre sofort auf, Alois!«, rief da seine Frau. »Still! Das ist nichts für kleine Löwen!«

Als die Elefäntchen und alle anderen Tierkinder schliefen, musste Oskar, der große Elefant, in der Küche, wo seine Frau abwusch, das

Geschirr abtrocknen. »Es ist zum Ausderhautfahren«, brummte er. »Das bisschen Geschirr!«, maulte sie. »Du wirst täglich fauler!« »Ich meine doch nicht deine Teller und Tassen«, sagte er, »ich denk an die Menschen! An die Flüchtlinge, an die Atombombe, an die Streiks, an den Hunger in China, an den Überfluss in Südamerika, an den Krieg in Vietnam, an die verlorenen Kinder und Eltern, an die Unruhen in Palästina, an die Gefängnisse in Spanien, an den schwarzen Markt, an die Emigranten …« Er sank erschöpft auf einen Küchenstuhl. Seine Frau spülte gerade die Milchtöpfe der Kinder mit ihrem Rüssel. »Da!«, rief er plötzlich. Sie ließ vor Schreck eins der Töpfchen fallen. »Da!«, brüllte er dumpf und schlug mit der Faust auf den Küchentisch, wo das »Sahara-Abendblatt« lag. »Da! Lies! Wieder eine Konferenz zum Teufel! O diese Menschen! Sie können nur zerstören! Sooft sie aufbauen wollen, wird's ein Turm zu Babel! Mir tun bloß die Kinder Leid!«

telegramm an alle welt: –.. – konferenz der aussenminister in paris abgebrochen –.. – keine resultate –.. – verstimmung in den hauptstädten –.. – wiederaufnahme der konferenz donnerstag in vier wochen –.. – überall geheime kabinettssitzungen anberaumt –.. – – –.. – – – –.. – – – –

Oskar zerknüllte die Zeitung und warf sie unter den Tisch. Dabei fiel ihm der Schulranzen seines Ältesten ins Auge. Er packte ihn, nahm Malkasten und Zeichenpapier heraus und sagte: »Schau her, Frau! Jetzt zeig ich dir, wie's auf der Erde aussieht!« Dann zeichnete er zwei Kreise. Das waren die Erdhälften …
»Das ist die eine Erdhälfte«, sagte der Elefant zu seiner Frau. »Und

überall herrschen unter den Menschen Not und Unvernunft. Das sieht jedes Tier ...«

»Nur ein Tier«, sagte der Elefant, »will das Elend und Durcheinander nicht sehen – das ist der Vogel Strauß. Er steckt den Kopf in den Sand.«

»Das ist die andere Erdhälfte«, sagte der Elefant zu seiner Frau.

»Und überall herrschen seit Jahrhunderten Krieg, Not und Unvernunft. Das sieht jeder Mensch …«

»Nur manche Menschen«, meinte der Elefant, »wollen daraus nichts lernen. Sie regieren und reden und machen Konferenzen …«

»Ich weiß«, sagte seine Frau, »und stecken den Kopf in den Sand.«

Nach einer Nacht voller merkwürdiger
Träume rannte der Elefant, noch ver-
schlafen und in Pantoffeln, in aller Herr-
gottsfrühe zum Telefon und meldete
sechs Ferngespräche an: eines mit seinem
kleinen Neffen, dem Tapir Theodor, in
Südamerika; eins mit dem Känguru Gustav in Australien; eines mit dem alten Eisbären Paul am Nordpol; eins mit der Eule
Ulrich in Mitteleuropa; das fünfte mit der
Maus Max in Asien und das sechste mit
Reinhold, dem Stier, in Nordamerika. Da
hatten die Störche und Flamingos, die im
ägyptischen Hauptpostamt als Telefonfräuleins angestellt waren, mächtig zu
tun. Erst gab es ein paar Fehlverbindun-
gen, aber schließlich klappte es.
»Hört bitte genau zu!«, rief Oskar, der
Elefant. »Mit den Menschen geht das so

nicht weiter! Versteht ihr mich?« »Ja,
Oskar!«, antworteten die sechs, so laut sie
konnten. »Ich habe eine Idee gehabt!«,
brüllte der Elefant. »Es ist ihrer Kinder
wegen, bloß deshalb! Eine ausgezeich-
nete Idee! Das heißt, mir und meiner
Frau gefällt sie sehr gut … Sie ist bestimmt nicht übel … Nein, schlecht ist
sie nicht … Es gibt dümmere Einfälle …
Warum sagt ihr denn gar nichts?« »Wir
warten auf deine Idee!«, rief der Stier
Reinhold in Nordamerika. »Ach so!«,
sagte der Elefant, und alle sieben mussten
lachen. »Nun, verrate sie uns schon!«,
kicherte die Maus Max in Asien. »Also,
hört zu!«, rief der Elefant. »Die Menschen machen in einem fort Konferenzen,
ohne etwas zu erreichen, und so ist meine
Idee, dass wir auch – eine Konferenz
abhalten!«

Nach diesen Worten blieb es in den sechs Telefonleitungen ziemlich lange still. Schließlich schnatterten und klapperten die Flamingos und Störche ungeduldig mit den Schnäbeln und fragten spitz: »Sprechen Sie noch?« »Unterstehen Sie sich, mich zu trennen!«, trompetete der Elefant. Dann brüllte er: »Paul! Theodor! Max! Reinhold! Ulrich! Gustav! Seid ihr plötzlich taubstumm geworden?« »Das nun nicht gerade«, meinte der Eisbär und wiegte nachdenklich den weißen Kopf, »es ist nur ein bisschen merkwürdig … Erst schimpfst du auf die Konferenzen, und dann …« »Paul hat ganz Recht«, schnarrte die Eule, »erst schimpfst du, und nun sollen wir selber so ein Ding abhalten!« »Hui!«, pfiff Max, die Maus. »Wir werden uns blamieren, passt auf!« »Den Teufel werden wir tun!«, donnerte Oskar. »Es liegt doch nicht an den Konferenzen, sondern an den Menschen! Habt ihr denn gar keine Selbstachtung, wie? Das wäre ja gelacht! Hört zu, ihr Angstmeier: Heute in vier Wochen versammeln sich sämtliche Abordnungen im Hochhaus der Tiere! Verständigt umgehend alle Gattungen und Arten! Termin – heute in vier Wochen! Treffpunkt – Hochhaus der Tiere! Da werden wir ja sehen, ob …«

»Die fünf Minuten sind um«, schnatterten die Telefonfräuleins im ägyptischen Hauptpostamt, »wir müssen trennen.« »Dumme Gänse«, brummte Oskar verärgert. »Gänse?«, riefen die Telefonfräuleins empört. »Erlauben Sie mal! Hier werden nur Störche und Flamingos beschäftigt!« »Dann also: Dumme Stelzfüßler!«, meinte der Elefant achselzuckend und hängte ein. Er war völlig erschöpft und musste sich die Stirn abtrocknen. (Sein Taschentuch war übrigens vier Meter lang und vier Meter breit.)

Der Nachrichtendienst klappte wie am Schnürchen. Die Hunde jagten wie der Wirbelwind durch die Städte und Dörfer. Die Wiesel

raschelten durch die Gärten. Die Hirsche und Rehböcke galoppierten durch die Wälder, dass es dürre Zweige regnete. »Heute in vier Wochen Konferenz im Hochhaus der Tiere!«
Die Zebras donnerten wie ein Gewitter durch die Wüsten. Die Gazellen und Antilopen schossen wie Pfeile über die Steppen. Der

Vogel Strauß und der Emu griffen aus, dass der Staub wie Wolken von der Erde aufstieg. »Heute in vier Wochen Konferenz im Hochhaus der Tiere!«

Die Rentiere trabten dampfend über die Tundra. Die Polarhunde sprangen bellend durch die Mittsommernacht. Die Möwen gellten es den Pinguinen ins Ohr: »Heute in vier Wochen Konferenz im Hochhaus der Tiere!«

Die Affen schwangen sich schreiend in den Urwäldern von Baum zu Baum. Die schillernden Käfer summten es. Die kleinen bunten Kolibris zirpten es. »Heute in vier Wochen Konferenz im Hochhaus der Tiere!«

Die Papageien und Kakadus plapperten es wie schnarrende Automaten, während sie sich in den Lianen wiegten. Die Spechte klopften es wie Morsezeichen gegen die hohlen, dröhnenden Baum-

stämme. »Heute in vier Wochen Konferenz im Hochhaus der Tiere!«

Die Frösche hockten aufgeplustert in den Sümpfen und Teichen und quakten die Nachricht unermüdlich in die Lüfte. »Heute in vier Wochen Konferenz im Hochhaus der Tiere!«

Die Schwalben saßen, wohin man blickte, auf den Telefondrähten der Überlandpost und meldeten die Neuigkeit in alle Länder der Erde. »Heute in vier Wochen Konferenz im Hochhaus der Tiere!«

Die Brieftauben schossen zu Tausenden über die Gebirge und Meere, und in den winzigen Kapseln, die sie am Halse trugen, stand

es deutlich zu lesen: »Heute in vier Wochen Konferenz im Hochhaus
der Tiere!«
Die Kängurus hüpften mit Riesensprüngen quer durch das Innere
Australiens. Sie hatten, als wären sie Briefträger, die wichtige Post
in ihren Beuteln. Und die Post lautete: »Heute in vier Wochen Konferenz im Hochhaus der Tiere!«
Und noch in die dämmrige Tiefe der Ozeane drang die Kunde

zu den absonderlichen, fremdartigen Wesen, die dort unten hausen. Hier schrieben es die Tintenfische mit Riesenbuchstaben ins Wasser. »Heute in vier Wochen Konferenz im Hochhaus der Tiere!«

Ja, sogar die Schnecke Minna kroch aufgeregt aus ihrem Einfamilienhaus heraus und schleppte sich, das Haus auf dem Rücken, vor lauter Atembeschwerden prustend und schnaufend, durch die Weinberge. Manchmal hielt sie inne, schnappte gierig nach Luft und rief heiser: »Heute in vier Wochen Konferenz im Hochhaus der Tiere!«

»Was erzählst du da?«, fragte der Regenwurm Fridolin, neben dem Minna zufällig verschnaufte. »Das ist ja hochinteressant!«, erklärte er ganz aufgeregt und begann sich auch schon in der Erde einzubuddeln. »Wo willst du denn so eilig hin?«, fragte die Schnecke. Fridolins Kopf war nur noch halb zu sehen. »Dumme Frage!«, brabbelte er. »Die Tiere auf der anderen Seite der Erde müssen es ja schließlich auch erfahren! Heute in vier Wochen Konferenz im Hoch...« Und schon war er verschwunden.

25

Ehe man sich's versah, wussten alle Tiere Bescheid, ob sie nun in der Wüste lebten oder im ewigen Eis, ob hoch in den Lüften oder auf dem Grunde des Ozeans. Sie hielten Versammlungen ab und wählten für jede Art und Gattung einen Delegierten. Es war fast wie damals vor der großen Sintflut, als Noah zu ihnen geschickt und sie gebeten hatte, paarweise in seine Arche zu kommen. Die Delegierten trafen auf der Stelle die notwendigsten Reisevorbereitungen.

Reinhold, der Stier, lief zum Schuster und ließ sich die Hufe frisch
besohlen.
Der Vogel Strauß ließ sich beim Friseur die Pleureusen schwungvoll
ondulieren.
Der Büffel ließ sich die Stirnlocken mit der Brennschere rollen.

Und in der Nachbarkabine saß der Löwe Alois schwitzend unter der Haube, weil er für die Konferenz neue Dauerwellen haben wollte. »Diese Hitze!«, sagte er stöhnend zu dem Fräulein, das ihm währenddem die Krallen schnitt und feilte. »Die Hitze könnte mich rasend machen! Wenn ich nicht so blond wäre ...« »Ich schwärme für blonde Mähnen«, meinte die Maniküre und lächelte ihn an. Daraufhin sagte Alois seinen berühmten Satz nicht zu Ende.

Der Pfau stolzierte zu einem berühmten Kunstmaler und ließ sich von ihm die Radfedern auffrischen.

Paul, der Eisbär, nahm ein heißes Bad in einem dampfenden Geysir. Er fand das fast kochende Wasser scheußlich. Aber hinterher sah er aus wie frisch gefallener Schnee, und seine Familie bewunderte ihn außerordentlich.

Oskars Frau bügelte den Sonntagsanzug ihres Mannes. Sie konnte sowieso seine zerknitterten Hosenbeine nicht leiden, und auf der Konferenz sollte er endlich einmal elegant wirken.

Oskar selber saß inzwischen beim Zahnarzt und ließ sich den linken Stoßzahn plombieren. Der Zahnarzt war ein Neger, schwarz wie Ebenholz, und hatte einen kleinen Sohn mit großen, runden Augen. »Dich nehm ich mit auf die Reise«, sagte Oskar zu dem Jungen. »Denn im Grunde halten wir ja die Konferenz nur wegen der Kinder …« »Wollen Sie bitte mal nachspülen«, meinte der Zahnarzt und hielt ihm einen Eimer voll Wasser hin.

Zu Hause packten die Tierfrauen die Koffer mit Reiseproviant voll.
Und mit Wäsche und Thermosflaschen und Moos und Mais und ge-
dörrtem Fleisch und Fisch und mit Hafer, Wabenhonig, Brathüh-
nern und gekochten Eiern. Und dann zogen die Delegierten die
Mäntel an, denn es war Zeit, zum Bahnhof zu gehen.
Es war sogar allerhöchste Zeit. Auf den Bahnhöfen in Afrika,
Asien, Amerika, Europa und Australien standen schon die Schnell-
züge unter Dampf. Die Lautsprecher brüllten: »Höchste Eisenbahn
– alles Platz nehmen! Abfahrt zum Hochhaus der Tiere – Türen
schließen!« Dann ruckten die Lokomotiven an. Oskar und Alois
und Leopold und viele andere Delegierte hatten die Wagenfenster
heruntergelassen und winkten mit ihren Taschentüchern. Und die
Mütter mit den Elefäntchen und den anderen Tierkindern winkten

zurück. »Blamiert euch nicht!«, rief Oskars Frau mit erhobenem Rüssel. »Keine Bange!«, schrie Oskar zurück. »Wir werden die Welt schon in Ordnung bringen! Wir sind ja schließlich keine Menschen!«

In den Häfen am Meer ging es nicht weniger lebhaft zu. Die Tiere, die nicht schwimmen konnten, gingen an Bord moderner Schnell-

dampfer. Es lagen aber auch große Walfische am Pier und sperrten ihre riesigen Mäuler auf. Sie hatten sich freiwillig für den Transport der Konferenzteilnehmer zur Verfügung gestellt, und wer den Schiffsmotoren nicht traute, brauchte nur über die Laufplanke in einen der Walfische hineinzuspazieren. »Schiffe gehen zuweilen unter«, sagte der Hase zum Fuchs. »Aber dass ein Walfisch untergegangen ist, habe ich noch nie gehört.« – Damit hoppelte er über die Planke in den aufgesperrten Rachen des Ungeheuers. Schließlich war alles an Bord. Die Schiffssirenen heulten auf. Die Walfische klappten ihre Mäuler zu. Wasserfontänen spritzten hoch, und die Flottille setzte sich in Bewegung. Die Verwandten am Ufer winkten. Die Delegierten an der Schiffsreling winkten zurück. Nur die Abgeordneten im Bauch der Walfische – die winkten nicht. Weil Walfische keine Fenster haben.

Auch auf den Flugplätzen sämtlicher Erdteile war Hochbetrieb. Die meisten Delegierten – soweit es nicht Vögel waren – flogen zum allerersten Mal in ihrem Leben und benahmen sich ein bisschen nervös und zimperlich. Aber als der Adler, der Geier, der Bussard und der Reiher sie auslachten, nahmen sie sich zusammen und setzten sich ergeben auf ihre Kabinenplätze. Man konnte übrigens auch, gegen einen entsprechenden Preiszuschlag, einen fliegenden Teppich mieten. Das tat beispielsweise der Skunk. Als wohlhabendes Pelztier konnte er sich das leisten. Außerdem blieb ihm gar nichts andres übrig. Weil er stank, hatte man ihm an der Kasse kein Flugbillett verkauft. Nun ja, schließlich waren alle untergebracht. Die Luftflottille erhob sich. Die Propeller sausten und blitzten in der Sonne. Die fliegenden Teppiche schimmerten bunt wie große Schmetterlinge. Raben und Reiher, Falken, Marabus und Wildenten flogen im Gefolge. Und die Erde unter ihnen wurde immer kleiner und kleiner.

Die Polartiere hätten um ein Haar Pech gehabt. Denn als sie am Hafen ankamen, waren die Dampfer allesamt eingefroren. Aber der Eisbär Paul wusste Rat. Erst fuhren sie samt ihrem Gepäck auf Rentierschlitten südwärts, und dann stiegen sie auf einen Eisberg um: Paul und das schnauzbärtige Walross und der Pinguin und das Schneehuhn und der Silberfuchs. Ja, und ein kleines pausbäckiges Eskimomädchen, das mit Paul schon lange befreundet war. – Der Eisberg hatte einen großen Nachteil: Er war schrecklich langsam, und sie fürchteten schon, sie kämen womöglich zu spät.
Da hatte zum Glück das Walross einen ausgezeichneten Einfall.

Es bat alle Robben, denen sie begegneten, ihnen vorwärts zu helfen, und die Seelöwen und Seehunde ließen sich nicht zweimal bitten. Mit der einen Flosse hielten sie sich am Eisberg fest, mit der anderen ruderten sie im Takt wie tausend gelernte Matrosen, dass der schneeglitzernde, kristallblaue Eisberg förmlich dahinflog! Die Überseedampfer, die ihnen begegneten, bekamen es mit der Angst und nahmen schleunigst Reißaus.

Die Tiere, die mit der Eisenbahn fuhren, hatten es am schwersten. Denn die Erde und die Kontinente sind ja bekanntlich in viele, viele Reiche und Länder eingeteilt, und überall waren Schranken heruntergelassen, und überall standen uniformierte Beamte und machten böse Gesichter.

»Was haben Sie zu verzollen?«, fragten die uniformierten Beam-

ten. »Zeigen Sie sofort Ihre Pässe!«, sagten sie. »Haben Sie ein Ausreisevisum?« »Haben Sie ein Einreisevisum?« »Was ist los?«, knurrte der Löwe Alois. »Wir können ja einmal nachsehen«, meinte Oskar, der Elefant.

Und nun stiegen die beiden mit dem Tiger und dem Krokodil aus dem Zug und näherten sich neugierig den Beamten.

Da kriegten die uniformierten Beamten einen großen Schreck und rannten davon, so schnell sie konnten. »Haben Sie denn ein Aus-reißevisum?«, rief Oskar hinter ihnen her. Darüber mussten alle Tiere im Zug so lachen, dass sie sich fast verschluckten. Und dann fuhren sie ungestört weiter.

Obwohl nun doch zu Wasser, zu Lande und in der Luft so viele

Tiere auf dem Wege zur Konferenz waren, merkten die wenigsten Menschen etwas davon. Nur die Leute, die an der Eisenbahn wohnten, wunderten sich ein bisschen. Aber wenn dann einer sagte: »Es wird wohl ein Wanderzirkus sein«, gaben sie sich wieder zufrieden. Am erstauntesten waren die kleinen Kinder, die in diesen Tagen in ihren Bilderbüchern blätterten. Die Bilderbuchtiere waren nämlich aus den Büchern verschwunden! Es sah aus, als hätte sie jemand fein säuberlich mit der Schere herausgeschnitten! Aber es hatte sie natürlich gar niemand herausgeschnitten, sondern sie waren mitten in der Nacht aus den Büchern gesprungen und hatten sich auf die Socken gemacht, um ja rechtzeitig im Hochhaus der Tiere zu sein …

Das Hochhaus der Tiere ist bestimmt das merkwürdigste und vielleicht das größte Gebäude der Welt. Es hat einen eignen Hafen, einen eignen Bahnhof und hoch oben auf dem Riesendach seinen eignen Flugplatz. Es enthält das Hauptpostamt für die Brieftauben, ein Hotel für die Zugvögel, eine Stellenvermittlung für Tiere, die in den Zoo wollen, eine Tanzschule für Bären, eine Akademie für Dressurlöwen, eine Reit- und Springschule für Pferde, ein Institut zur Förderung begabter Affen, ein Konservatorium für Singvögel, eine Technische Hochschule für Spinnen, Biber und Ameisen, ein Raritätenmuseum, eine zahnärztliche Klinik, ein Sanatorium, einen Kindergarten für Tierbabys, deren Eltern tagsüber arbeiten müssen, ein Waisenhaus, einen Optikerladen für Brillenschlangen, ein Gefängnis für Tierquäler, eine Krebsscherenschleiferei, eine Leuchtfarbenfabrik für Glühwürmchen, Konzertsäle, Schwimmbassins, Speisesäle für Fleischfresser, Speisesäle für Pflanzenfresser, Aufenthaltsräume für Wiederkäuer und vieles, vieles mehr.

Weil nun jeden Tag neue Flugzeuge, Dampfer, Walfische, Züge und fliegende Teppiche mit seltsamen Tieren eintrafen, wurden die Menschen immer neugieriger. Schließlich kamen Zeitungsleute, Rundfunkreporter und Männer von der Wochenschau angerückt, knipsten, kurbelten, fragten, was das Zeug hielt, und machten sich Notizen. »Was ist eigentlich die Absicht Ihrer Zusammenkunft, meine Herren Tiere?«, fragten sie gespannt.

»Ganz einfach«, meinte die Giraffe von oben herab, »es handelt sich um die Menschen.« »Wenn ich nicht so blond wäre«, rief der Löwe Alois aufgeregt, »könnte ich mich ihretwegen auf der Stelle schwarz ärgern!«

Da lachten die Reporter und notierten sich, dass der Löwe ein ausgesprochen witziger Kopf sei. Oskar rümpfte hierüber seinen Rüssel, dann sagte er ruhig: »Es ist wegen der Kinder, verstehen Sie?« Nein, sie verstünden ihn nicht, erwiderten sie. Da brummte er nur: »Das wäre ja auch ein wahres Wunder!«

»Also, hören Sie gut zu«, sagte Reinhold, der Stier, zu einem jungen Mann, der ihm ein Mikrophon vor die Nase hielt. »Ich höre«, meinte der junge Mann, »und die übrige Menschheit hört mit!« »Wissen Sie was?«, fuhr der Stier fort. »Es wird besser sein, wenn Sie zuvor Ihre rote Krawatte abbinden. Rot macht mich nervös, und wenn ich nervös werde …« Der junge Mann band sich so schnell er konnte die

Krawatte ab, und Reinhold, der Stier, sagte nun: »Unsere Konferenz im Hochhaus der Tiere beginnt am gleichen Tage wie die Konferenz der Staatspräsidenten in Kapstadt, es ist, glaube ich, ihre siebenundachtzigste.« »Ganz recht«, erklärte der junge Mann, »und bei Ihnen, soviel ich weiß, die erste, nicht wahr?« »Stimmt«, sagte der Stier, »und die letzte!«

Die Photographen machten gerade ein hübsches Gruppenbild. Mit Oskar, Alois, Leopold, dem Känguru Gustav, dem Tapir Theodor und Julius, dem größten Kamel des 20. Jahrhunderts – da brüllte der Elefant plötzlich so laut, dass alle miteinander erschraken: »Moment! Wo ist denn Paul?! Hoffentlich ist ihm nichts passiert!« Und schon rannte er, so schnell ihn seine Plattfüße trugen, zum Fahrstuhl.

Die Angst hatte Oskar nicht getrogen. Der Eisbär und die anderen Delegierten des Polarkreises befanden sich in Seenot. Sie waren unversehens in den warmen Golfstrom geraten, und der schneeglitzernde, kristallblaue Eisberg, auf dem sie dahinfuhren, wurde von Stunde zu Stunde kleiner und kleiner. Sosehr Paul und das Walross die rudernden Seelöwen und Seehunde antrieben und sosehr diese sich mühten und quälten, aus dem Eisberg, dem gewaltigen, war längst ein unbedeutender, harmloser Eishügel geworden …

Die Tiere mussten immer mehr zusammenrücken. Das Schneehuhn wurde noch blasser, als es schon war. Der Silberfuchs klapperte leise

mit den Zähnen. Das Walross ließ den Schnauzbart hängen. Und
Paul, der Eisbär, brummte: »Wenn das noch lange so weitergeht,

müssen wir den Rest zu Fuß zurücklegen!« Schließlich zogen sie gar dem kleinen Eskimomädchen das Hemd aus und schwenkten es in der Luft. Ihr Eisberg war jetzt nur noch so groß wie eine ganz gewöhnliche Eisscholle.

Während die Ärmsten auf ihrer schrumpfenden Eisscholle dahin-

trieben, ging es im Hochhaus, wie sich leicht denken lässt, äußerst lebhaft zu. Viele der Gäste hatten merkwürdige, zuweilen schwer erfüllbare Sonderwünsche. Aus dem Bassinzimmer des Delphins mussten beispielsweise vierzig Kubikmeter Wasser abgelassen werden, damit er für seine Luftsprünge genügend Platz hatte.

Für das Krokodil mussten mehrere Sperlinge besorgt werden, die ihm, wie's das nun einmal gewohnt war, in dem weit aufgesperrten Rachen umherspazieren sollten. Leopold, die Giraffe, verlangte zum Wohnen nicht nur zwei übereinander gelegene Zimmer, man musste auch noch in die Decke des unteren ein großes Loch schla-

gen, damit das Tier den Kopf hindurchstecken konnte! Ulrich, die Eule, bestand auf einer Dunkelkammer. Die exotischen Schmetter-

linge bestellten unbekannte Blumen, und frisch sollten sie überdies sein! Max, die Maus, wollte kein Zimmer, sondern ein Mauseloch. Wo sollte man das in einem so modernen Bau hernehmen? Reinhold, der Stier, trieb's am ärgsten. Er klingelte und sagte, man möge ihm, weil er sich so allein fühle, eine hübsche, bunte Kuh heraufschicken.
Dem Hoteldirektor, dem Marabu, sträubte sich das Gefieder.

Aber schließlich kam alles in die Reihe. Auf der ersten Seite der neuesten Zeitungen erschienen die Photographien der im Hochhaus der Tiere eingetroffenen Delegierten. Daneben waren die Interviews mit ihnen abgedruckt. Der Rundfunk brachte die Unterhaltung zwischen ihnen und den Reportern, und der Kommentator äußerte seine Vermutungen über die Absichten und Ziele der

Konferenz. Da gab's für die Gäste natürlich viel zu sehen und zu hören.

Außerdem rückte ja auch der Beginn der Konferenz immer näher, und man hatte mit den Vorbereitungen alle Hände voll zu tun! Die Singvögel übten im Konservatorium die feierliche Eröffnungs-

hymne. Der Specht schlug den Takt. Weil der Pfau – des Glaubens, er habe eine schöne Stimme – mitkrächzen wollte, hatte man eine kurze Auseinandersetzung. Dann rauschte er, ein prächtiges Rad schlagend, aus dem Saale.

Die Spinnen und die Webervögel woben zwei wundervolle große Spruchbänder. Eines fürs Portal, mit dem Wortlaute:»Herzlich willkommen!«

Und auf dem anderen, noch schöneren, das für den Konferenzsaal bestimmt war, stand zu lesen:»Es geht um die Kinder!«

Im oberen Zimmer der Giraffe, die mit ihrem Kopf aus dem Loch im Fußboden hereinragte, saßen indessen der Elefant, der Löwe, der Adler, der Fuchs und die Eule, die eine dunkle Brille trug. Sie debattierten darüber, was man während der Konferenz sagen wolle. Wie man die Menschen davon überzeugen könne, dass sie sich, mindestens ihren Kindern zuliebe, vertragen müssten. Ob man sie notfalls zur Vernunft zwingen solle, und wie das wohl zu machen sei. Manchmal schaute der Marabu ins Zimmer. »Noch keine Nachricht?«, fragte dann jedes Mal Oskar, der Elefant. Und jedes Mal schüttelte der Marabu den Kopf.

Wir wissen, auf welche Nachricht die Tiere warteten. Paul, der Eisbär, war noch immer nicht eingetroffen. Und die Wasserflugzeuge, die das Meer nach ihm absuchten, hatten noch immer keine Spur von ihm und den übrigen Polardelegierten entdecken können, obwohl sie flach über den Wellen dahinflogen wie über den grünwogenden Wipfeln eines unendlichen Waldes.

Nun sahen zwar die Flugzeuge den Eisbären nicht, aber der Eisbär sah die Flugzeuge. Die Eisscholle war schon so winzig, dass Paul und das Walross nebenherschwimmen mussten. »Zustände sind das!«, rief das Walross prustend. »Wenn wir wenigstens einen Vogel

an Bord hätten!« »Wir sind doch zwei Vögel!«, piepsten das
Schneehuhn und der Pinguin. »Wirklich?«, fragte das Walross är-
gerlich. »Na, dann fliegt gefälligst, ehe wir hier absaufen, zu den
Flugzeugen hinauf und zeigt ihnen, wo wir stecken!« Da tat das
Schneehuhn den Kopf zwischen die Flügel, und der Pinguin begann
leise zu weinen …
Das Leitflugzeug hatte einen Turmfalken als Beobachter mitge-
nommen. Der stieß plötzlich einen pfeifenden Schrei aus, schwang

sich aus dem Kabinenfenster und fiel, senkrecht wie ein Stein, in die
Tiefe. Die Flugzeuge folgten ihm im Sturzflug, und ehe sich's die
Schiffbrüchigen versahen, waren sie von Falken, Bussarden, Seead-
lern und wassernden Hydroplanen umgeben. »Höchste Zeit!«, sagte
Paul, der Eisbär, als man ihn aus dem Ozean herauszog. »Steward,
bitte einen Grog von Rum!«

Als der Eisbär – weil er sich erkältet hatte, mit einem dicken Woll-
schal um den Hals – im Hochhaus eintraf, umarmte ihn Oskar und
umschlang ihn gerührt mit dem Rüssel. »Vorsicht!«, rief Paul. »Hast
du Angst, dass ich dir die Rippen breche?«, brummte Oskar.
»Nein«, sagte der Bär, »ich hab Angst, dass du meinen Schnupfen
kriegst.« Da lachten sie beide, bis der Elefant plötzlich große Augen
machte. »Nanu!« »Ja, da staunst du, was?«, sagte Paul. »Das ist eine
kleine Freundin von mir, ein Eskimomädchen, gefällt sie dir?« »Reizend«, meinte Oskar, »ich werde nie begreifen, wie aus so netten
Kindern später Erwachsene werden!« Damit trabte er zu der Giraffe und flüsterte dieser etwas ins Ohr.

Nun machte die Giraffe einen ganz, ganz langen Hals, bis sie den Kopf in ein offenes Fenster der sechzehnten Etage des Hochhauses stecken konnte. Nach einer Weile kam ein kleiner kohlrabenschwarzer Negerjunge aus dem Fenster geklettert. »Nanu!«, rief der Eisbär. »Da staunst du, was?«, meinte Oskar stolz. »Das ist ein kleiner Freund von mir, der Sohn meines Zahnarztes.« Und als die Giraffe den kleinen Jungen vor Paul niedergesetzt hatte, brummte dieser: »Ich werde nie begreifen, wie aus so netten Kindern später Zahnärzte werden!«

Während sich die beiden Kinder noch ein bisschen neugierig und von der Seite ansahen, kam der Königstiger lautlos des Wegs, und auf seinem Rücken saß ein zierliches, braunhäutiges Kind. »Da!«, knurrte der Tiger. »Das ist meine Überraschung! Meine kleine Freundin aus dem bengalischen Dschungel!« Er ließ sie sanft nieder. Sie stieg von ihm herunter und kam schwebenden Gangs auf den Negerjungen und das Eskimomädchen zu. »Reizend!«, meinte Oskar. »Entzückend!«, flüsterte Leopold. »Wie eine Eisheilige!«, sagte der Eisbär hingerissen. »Hoffentlich wird sie später nicht Zahnärztin!«

»Kleine Tiere haben auch Einfälle!«, piepste es auf einmal hinter ihnen, und als sie sich alle umdrehten, erblickten sie Max, die Maus,
die übermütig um einen kleinen Jungen herumsprang. »Ein Chinese!«, riefen die andern und bestaunten einen gelben Knaben, der
sie aus seinen schief gestellten Augen verschmitzt anlächelte. »Da
staunt ihr, was?«, quiekte die Maus. »Gefällt er euch? Er ist mein
Freund, und sein Vater ist der Tanzmäusedresseur, bei dem ich mein
Diplom als Solotänzer erworben habe!« »Kinder in allen Farben!«,
meinte Paul. »Jetzt fehlt nur noch ein weißes!«
Kaum hatte der Eisbär das gesagt, kam das Shetlandpony angetrabt,
und auf dem vergnügt wiehernden Pony ritt ein blonder Bengel, rot-
backig, mit blauen Augen!
Mitten im Trab sprang er zur Erde und lief lachend auf die anderen vier Kinder zu. »Wunderbar!«, sagte Oskar, der Elefant. »Nun

wissen wir also auch, wer während unserer Konferenz auf der Tribüne der Ehrengäste sitzen wird!«»Da kann ich mich ja beruhigt ins Bett legen und schwitzen«, meinte der Eisbär. »Wegen des kleinen Schnupfens?«, fragte der Tiger. »Ja«, erwiderte Paul, »der kleine Schnupfen muss weg. Denn wenn ich niese, sprenge ich die Konferenz!«

An einem schönen, sonnigen Donnerstag war es schließlich so weit. Da wurde in Kapstadt, Südafrika, die siebenundachtzigste Konferenz der Staatshäupter, Staatspräsidenten, Ministerpräsidenten und ihrer Ratgeber eröffnet. Im Frack, in Uniform, je nachdem, stiegen sie, dicke Aktenmappen tragend, die Stufen zum Konferenzgebäude empor.

telegramm an alle welt: – .. – konferenz in kapstadt eröffnet – .. – alle staatshäupter und staatsoberhäupter gesund eingetroffen – .. – sehen verständigung aufs zukunftsfroheste entgegen – .. – unbedeutende meinungsverschiedenheiten hinsichtlich tagesordnung – .. – änderungsantrag betreffs geschäftsordnung – .. – erregte debatte wegen sitzordnung – .. – wetter ausgezeichnet – .. – – – .. – – –

Am gleichen schönen, sonnigen Donnerstag stiegen die Tierdelegierten, vom Zweibeiner bis zum Tausendfüßler, die Stufen ihres Hochhauses hinan, um ihren Kongress zu eröffnen. Der von den Spinnen und Webervögeln angefertigte Begrüßungsspruch »Herzlich willkommen!« wehte luftig und duftig im lauen Winde. Aktenmappen trug niemand.

telegramm an alle welt: –..– konferenz im hochhaus der tiere
eröffnet –..– alle delegierten pünktlich eingetroffen –..–
mit kapstadter konferenz in rundfunk- und fernsehverbindung
–..– es geht um die kinder! –..– nicht siebenundachtzigster,
sondern erster und letzter versuch der tiere aller zonen –..–
vernünftige einigung jetzt oder nie –..– später zu spät –..–
wetter ausgezeichnet –..–

Die Versammlung der Tiere im großen Verhandlungssaal des Hochhauses bot einen denkwürdigen Anblick. Die Raubvögel hockten auf Stangen. Die Affen saßen auf Schaukelstühlen, und der Orang-

Utan paffte eine Zigarre. Die Fledermaus und der Fliegende Hund hingen kopfunter am Kronleuchter. Die Singvögel wiegten sich auf dem Geweih des Hirschs und den spitzen Hörnern der Antilope.

Die Schlangen und Lurche lagen auf Teppichen. Der Skunk hatte aus den auf Seite 36 mitgeteilten Gründen am offenen Fenster Platz genommen. Die Fische drängten sich, großäugig und offnen Munds,

hinter der hohen Glaswand des Bassins, das linker Hand den Saal abschloss. Das Marienkäferchen kauerte, weil es kurzsichtig war, zwischen Oskars Rüssel und der Präsidentenglocke auf dem langen, grün belegten Verhandlungstisch. Die Stille war so feierlich, dass das Kaninchen, weil der Floh auf dem Mandrill umherhüpfte, ärgerlich »Pst!« machte. Hoch in der Luft wehte das Spruchband »Es geht um die Kinder!«, und drunter saßen, frisch gewaschen und gekämmt, die fünf kleinen Ehrengäste. Auf den Lehnen ihrer Stühle schillerten bunte Schmetterlinge und Kolibris, und zu ihren Füßen spielten Mickymaus, Babar, Ferdinand, Reineke Fuchs, der Gestiefelte Kater und die anderen Bilderbuchtiere. Die Rednertribüne war von Mikrophonen und Fernsehkameras dicht umstellt, und als Oskar mit dem Rüssel die Glocke schwang und rief: »Als Erstem erteile ich dem Eisbären Paul das Wort!«, ging es wie ein Seufzen der Erleichterung durch den Saal. »Liebe Freunde!«, rief Paul. »Ich will nicht viele Worte machen. Ich halte nichts davon. Außerdem bin ich erkältet. Also – wir sind hier zusammengekommen, um den Kindern der Menschen zu helfen. Warum? Weil die Menschen selber diese ihre wichtigste Pflicht vernachlässigen! Wir verlangen einstimmig, dass es nie wieder Krieg, Not und Revolution geben darf! Sie *müssen* aufhören! Denn sie *können* aufhören! Und deshalb *sollen* sie aufhören!« An dieser Stelle brach im Saal ungeheurer Jubel los. Man stampfte mit den Hufen, schlug mit den Flügeln, klatschte mit den Flossen, klapperte mit den Schnäbeln, wieherte, krähte, zwitscherte, bellte, pfiff, röhrte, trompetete – es war toll!
Während Pauls Eröffnungsrede saßen die Staatspräsidenten, in ihren Fräcken und Uniformen, im Konferenzsaal zu Kapstadt, Südafrika, und starrten schweigend auf die große, straff gespannte Leinwand des Fernsehsenders, von der aus, als stünde er leibhaftig vor

ihnen, der Eisbär mit seiner dröhnenden, freilich recht verschnupf-
ten Stimme auf sie heruntersprach. »Wenn sich Hindernisse in den
Weg stellen«, sagte er, »so kommt man nicht mit kleinen Schritten
weiter. Nein, dann muss man springen! Das wissen wir Tiere; und
die Menschen, die so gescheit tun, sollten es auch wissen. Heute for-

dern wir nun in aller Form die Vertreter der siebenundachtzigsten Konferenz der Menschen auf, das wichtigste Hindernis, das es gibt, zu überspringen: nämlich die Grenzen zwischen ihren Ländern. Die Schranken müssen fallen. Sie sind … sie … sie … sind … Vorsicht … ich muss nie … nie … nie …« Und nun musste Paul, der Eisbär, so gewaltig niesen, dass die Leinwand zerplatzte! Brillen, Orden, Staub, Stenogrammblöcke, Aschenbecher – alles wirbelte wie bei einem Taifun wild durch die Luft!

An diesem Tage saßen alle Schulkinder in ihren Klassenzimmern

am Radio. Durch die offenen Fenster steckten die Ziegen, Kühe, Pferde und Truthähne ihre Köpfe und hörten zu. Und auf den Fensterbrettern hockten Hunde, Hühner und Katzen; denn auch sie wollten, wie sich denken lässt, kein Wort versäumen.

telegramm an alle welt: –..– konferenz der tiere fordert von kapstadt ende der staatsidee –..– seltsamer sprengstoffanschlag auf präsidentenversammlung glimpflich verlaufen –..– sondergesandter general zornmüller mit flugzeug und protestnote unterwegs –..– sonst erster konferenztag ohne zwischenfälle –..–

Am Abend landete das Kapstadter Kurierflugzeug auf dem Hochhaus, und der Herr in Uniform, der aus dem Aeroplan kletterte, wurde sofort zu Oskar und seinen Freunden gebracht. Sie saßen auf dem Dachgarten. Eine Tierkapelle musizierte. Der Eisbär trank Lindenblütentee. »Mein Name ist General Zornmüller«, erklärte der Herr. Der Elefant sagte gemütlich: »Machen Sie sich nichts draus! Schließlich ist es nicht Ihre Schuld!« »Wenn Sie Admiral Wutmaier hießen«, meinte der Löwe Alois, »wär's auch nicht besser.« Weil die Tiere lachten, bekam Herr Zornmüller einen puterroten Kopf. »Hier ist die Protestnote der Kapstadter Konferenz!« Er legte ein gesiegeltes Schreiben auf den Tisch. »Ich bin ermächtigt, Ihre schriftliche Antwort entgegenzunehmen.« Die Tiere lasen die Protestnote. »Wenn ich nicht so blond wäre«, knurrte der Löwe, »könnte ich mich …« »Hör auf!«, warnte der Eisbär. »Sonst niese ich dich samt dem zornigen Herrn Müller vom Dach herunter!« Oskar legte das Schreiben auf den Tisch, blickte den General ernst an und sagte ruhig: »So so. Wir sollen uns nicht einmischen. Die Herren sind sich darüber einig.« Wütend hieb er auf die Tisch-

platte. »Zum ersten Mal sind sie sich einig! Und warum? Weil wir
wollen, dass sie einig sind!« »Scheren Sie sich nach Kapstadt
zurück!«, rief Leopold, die Giraffe. »Mit dem größten Vergnügen«,
meinte Herr Zornmüller, »ich warte nur auf eine schriftliche Erklärung Ihrerseits!« »Verschwinden Sie!«, brüllte Oskar. »Wir sind
nicht zusammengekommen, um Papier voll zu klecksen, sondern
um den Kindern zu helfen, verstanden?« »Gewiss«, antwortete der
General, »ich bin ja nicht schwerhörig!« Da erhob sich der Löwe
Alois ganz langsam und fragte: »Soll ich Sie zu Ihrem Flugzeug
bringen?« »Nicht nötig!«, versicherte der General. Und dann hatte
er es ziemlich eilig.

Bevor sie sich an diesem Abend gute Nacht sagten, schauten Paul, Alois und Oskar noch einmal ins Kinderzimmer. Sie schlichen auf Zehenspitzen, aber das war gar nicht notwendig. Die fünf Ehrengäste schliefen in ihren fünf Betten wie die Murmeltiere. »Es ist schade um die Kinder«, murmelte der Löwe. Er war ganz gerührt. »Verzweifle nicht, du Häuflein klein«, sagte der Eisbär leise zu Alois, »wir werden den Herren in Kapstadt unseren Standpunkt schon noch klarmachen.« »Diese Aktenfabrikanten!«, schnaufte Oskar. »Diese Tintenkleckser! Diese Leitzordner! Diese zwei-

beinigen Büroschemel! Diese ... Nanu, Mäxchen, was machst du denn hier?« »Ich?«, piepste die Maus. »Erst hab ich nachgeschaut, ob mein kleiner Chinese schön zugedeckt ist, und dann hab ich mich ein bisschen mit der Mickymaus unterhalten. Wenn sie auch nur aus Pappe ist – schließlich sind wir ja verwandt miteinander!«

Plötzlich lief Max, die Maus, wie der Blitz an dem Elefanten empor und wisperte ihm etwas ins Ohr. »Donnerwetter!«, sagte der. »Das ist deiner Pappkusine eingefallen?« Dann beugte er sich zu Alois und flüsterte diesem etwas ins Ohr. Dann beugte sich der Löwe zum Eisbären und sprach leise auf ihn ein. Und dann lächelten allesamt verschmitzt. Endlich meinte Oskar: »Wird gemacht! Ich telefoniere sofort mit Südafrika! Die Herren werden morgen früh die Augen nicht schlecht aufreißen!«

Am nächsten Morgen bot sich in Kapstadt ein erstaunliches Schauspiel. Aus allen Himmelsrichtungen strömten Mäuse und Ratten in die Stadt. Die Autos und Straßenbahnen blieben stecken. Die Menschen flohen in die Häuser und auf die Dächer. Es war wie eine Springflut! Die Tiere blickten nicht rechts, noch links. Ihr Ziel war das gewaltige weiße Gebäude, in dem gerade die Konferenzmitglieder Platz genommen hatten. Millionenweise strömten die Nagetiere die Stufen hinauf durch Türen und Fenster und über Balkone, endlos und unaufhaltsam, einem unbekannten Befehl gehorchend. Den Menschen, die es sahen, blieb fast das Herz stehen ...

Schon nach wenigen Minuten waren die Zimmer, Korridore und Säle nicht wieder zu erkennen. Sämtliche Akten der Konferenzteilnehmer, der Kommissionen, Unterkommissionen, Referenten und

Sekretäre lagen in Fetzen am Boden. Kein Stück Papier blieb verschont. Im großen Verhandlungssaal sah es aus, als sei eine Papierlawine niedergegangen. Einige der Anwesenden blickten gerade noch mit der Nasenspitze aus den Aktenschnitzeln heraus. So schnell sie gekommen waren, verschwanden die Mäuse und Ratten wieder. Und nun erschien auf der Fernsehleinwand Alois, der Löwe, und seine Stimme sprach: »Es musste sein. Eure Akten waren eurer Vernunft im Wege. Jetzt ist der Weg frei. Wir verlangen, dass ihr euch einigt. Es geht um die Kinder!«

telegramm an alle welt: –..– gesamtes aktenmaterial der kapstadter konferenz durch mäuseplage vernichtet –..– fort-führung der verhandlungen dadurch ernstlich in frage gestellt –..– konferenz der tiere stellt ultimative forderung –..– geheime beratungen im gange –..– ablehnung des ultimatums selbstverständlich –..–..

Nachdem die Mäuse in den Kapstadter Palast eingedrungen waren und sämtliche Akten vernichtet hatten, war es ein paar Photographen auf der Pressetribüne gelungen, mehrere Aufnahmen von dem merkwürdigen Durcheinander zu machen. Die Photos erschienen noch in allen Abendblättern, und in sämtlichen Hauptstädten der Erde sah man vergnügte Gesichter.

Mittlerweile saßen die Staatsmänner in Kapstadt zusammen, kauten vor Wut an den Fingernägeln und schämten sich. Da trat General Zornmüller, aufrecht wie immer, in den Saal und sagte: »Alles in Ordnung, meine Herren Staatshäupter! Die Flugzeuge mit den Kopien und Abschriften aller vernichteten Akten sind unterwegs. Die morgige Sitzung kann ungehindert stattfinden.« »Wir danken Ihnen, Feldmarschall Zornmüller!«, antworteten die Präsidenten.

Während General Zornmüller auf diese Weise zum Feldmarschall ernannt wurde, flogen Hunderte von großen Flugzeugen aus allen Richtungen der Erde nach Kapstadt in Südafrika. Und die letzte Radiomeldung des Abends lautete: »Die Kopien der vernichteten Akten sind aus den Staatsarchiven eingetroffen. Militär wird die

Aktenschränke bewachen und im Notfalle von den Waffen Gebrauch machen.«

»Das war ein kurzes Vergnügen«, brummte Paul, der Eisbär, der mit den anderen im Hochhaus der Tiere am Radio saß. »Sie sind uns über«, klagte der Tapir Theodor. »Kunststück!«, trompetete Oskar. »Mit ihren Fliegenden Festungen, mit ihrer Infanterie und Artillerie! Fällt euch nichts ein? Gar nichts? Max, dir auch nicht? Freunde, lasst uns nachdenken!« Und so zogen sie ernste Gesichter und dachten nach …

Darüber verging eine Stunde. Dann erklärte die Giraffe Leopold mit hoher, leiser Stimme: »Die meisten Menschen sind, glaub ich, viel netter und vernünftiger, als wir denken. Es liegt im Grunde an den Akten und am Militär.« »Dazu hättest du nicht so lange nachzudenken brauchen«, sagte Julius, das Kamel, »das wussten wir schon vor einer Stunde!« »Ist den anderen auch nichts eingefallen?«,

fragte Oskar. »Freunde, denkt weiter nach!« »Na schön«, murmelten alle. Und dachten weiter nach …

Darüber verging wieder eine Stunde. Sie waren schon ganz müde vor lauter Nachdenken. »Die Akten und die Uniformen«, rief plötzlich Reinhold, der Stier, »nur daran liegt's!« »Du merkst aber auch alles!«, knurrte der Eisbär. Und das Kamel sagte: »Das wussten wir schon vor zwei Stunden.« »Freunde«, bat Oskar, »denkt weiter nach! Wenn keinem von uns etwas einfällt, sind wir …« Plötzlich zeigte Gustav, das Känguru, auf die Motte, die gegen die Lampe flog, und flüsterte: »Ich hab's!«

Am Morgen des dritten Konferenztags war in Kapstadt alles wieder auf seinem Platz: die Staatshäupter, die Akten, die Schränke, die Mikrophone, die Fernsehleinwand, die Notizblöcke, die Schreibmaschinen, das Durchschlagpapier und die harten und weichen Radiergummis. An den Aktenschränken, ja sogar an jeder Aktenmappe stand ein Soldat mit geladenem Gewehr. An der Tür, auf den Gängen, an den Treppen und vor dem Portal hatten Artilleristen ihre Kanonen postiert. Und Feldmarschall Zornmüller hatte so viel echtes Gold an der Uniform, dass er sich auf seinen Säbel stützen musste, um nicht zusammenzubrechen. Weil es plötzlich so dunkel im Saale wurde, als ob ein schweres Gewitter heraufzöge, steckte der Feldmarschall den Kopf aus dem Fenster. »Was ist denn das schon wieder?«, fragte er ärgerlich. Der Himmel war voller Wolken, die mit rasender Geschwindigkeit näher und näher kamen …

Um es gleich zu sagen: Es waren Motten! Diese sausenden Motten-
wolken schwirrten, alles verdunkelnd, durch die Fenster und Türen
und sanken, sich teilend, wie dichte graue Schleier auf jeden herab,
der eine Uniform trug. Denen, doch auch den Zivilisten, die verschont blieben, stockte der Atem. In diesem Augenblick wurde auf
der Fernsehleinwand Reinhold, der Stier, sichtbar. »Eure Uniform-
men«, rief er, »stehen der Einigkeit und der Vernunft im Wege!
Nicht nur in diesem Saal, sondern auf der ganzen Welt! Sie müssen
verschwinden! Nicht nur in diesem Saal, sondern auf der ganzen
Welt! Wir verlangen, dass ihr euch einigt! Es geht um die Kinder!«
So schnell, wie sie gekommen waren, schwebten die Wolken wieder
hoch, fort durch Fenster und Türen, empor zum Himmel, immer
weiter weg, bis die Sonne wieder schien und man denken konnte,
das Ganze sei nur ein Traum gewesen! Wenn man sich aber im Saal
umsah und die Soldaten betrachtete, die neben den Kanonen und
die mit den Schießgewehren, merkte man, dass es beileibe kein
Traum gewesen war … Sie sahen toll aus … Von Feldmarschall
Zornmüller wollen wir gar nicht erst reden. Er hatte nur noch seinen
Säbel an …

Nicht nur im Konferenzsaal zu Kapstadt, Südafrika, sondern auf dem gesamten Planeten müssten die Uniformen verschwinden, hatte Reinhold, der Stier, gesagt. Und die Motten hielten, was er versprochen hatte! Kein Land, keine Kaserne, kein Uniformrock blieb verschont. Überall sanken die Wolle fressenden Wolken silbergrauer Motten aus dem Himmel auf die Erde herab. Und weil die Motten die Uniformen nicht zu unterscheiden wussten, mussten nicht nur die Soldaten, sondern auch die Briefträger, Stationsvorsteher, Hotelportiers und Straßenbahnschaffner dran glauben!

telegramm an alle welt: −..− kapstadter konferenz zum zweiten Mal unterbrochen −..− mottenplage vernichtet alle uniformen −..− zweites ultimatum der tiere −..− geheime beratungen im gange −..− achtung, achtung! zwanzig uhr erklärung der konferenz über alle sender −..− es spricht sonderbeauftragter zornmüller −..−

Am Abend, Punkt 20 Uhr, stand Herr Zornmüller in einer funkelnagelneuen Uniform vor einem Wald von Mikrophonen und erklärte: »Namens aller in Kapstadt versammelten Staatsmänner lehnt die Konferenz das Ansinnen der Tiere ab. Schon morgen werden alle Soldaten der Erde neue Uniformen tragen! Und was die Hauptsache ist: In Kanonen und Granaten können weder Motten, noch Heuschrecken, noch Krokodile Löcher fressen! Das soll man sich im Hochhaus der Tiere gesagt sein lassen! Und wenn die Welt voll Motten wär – uns schreckt das nicht! Wenn wir keine Uniformen mehr besitzen, werden wir uns die Regimentsnummern und Rangabzeichen auf die Haut malen! Verstanden? Die Tiere wollen uns Menschen zur Einigkeit zwingen. Das wird ihnen nicht

gelingen! Darin sind sich alle Staatsmänner in Kapstadt einig! Und
der Wille der Staatsmänner, darüber sollte keinerlei Zweifel herrschen, ist der Wille der Menschheit!«

Als die Tiere in ihrem Hochhaus diese Erklärung angehört hatten, waren sie sehr niedergeschlagen. Und Julius, das Kamel, sagte: »Es hat keinen Sinn. Wir sollten wieder nach Hause fahren. Ich reise morgen. Was gehen uns die Menschen an! Sollen sie sich doch zugrunde richten, wenn's ihnen Spaß macht!« Da bekam Oskar, der

Elefant, einen Wutanfall. »Die Menschen«, brüllte er, »die Menschen können uns gestohlen bleiben, du Schaf! Es geht doch nur um ihre Kinder!« »Erlaube mal«, sagte Julius gekränkt, »ich bin kein Schaf.« »Nein, du Kamel!«, antwortete Oskar und knallte die Tür ins Schloss … Er ging ins Kinderzimmer, riegelte sich ein und ging stundenlang auf Zehenspitzen zwischen den fünf kleinen Betten hin und her. Dann setzte er sich auf einen Stuhl, seufzte und dachte die halbe Nacht nach.

Der Tag, der dieser Nacht folgte – der vierte Tag der siebenundachtzigsten Konferenz der Staatsmänner und zugleich der ersten und letzten Konferenz der Tiere –, dieser Tag wird für immer in den Geschichtsbüchern als »der größte Schreckenstag der Menschheit« verzeichnet bleiben und von niemandem, der ihn miterlebt hat,

jemals vergessen werden. Was war geschehen? Man wagt es kaum
zu sagen: Die Kinder waren verschwunden! Sämtliche Kinder sämtlicher Menschen waren fort! Die Babys lagen nicht mehr in der
Wiege. Die Kinderbetten waren leer. Die Schulen blieben ausge-
storben. Nirgends hörte man ein Kinderlachen, nirgends ein Weinen. Die Eltern und Lehrer und alle Erwachsenen waren allein auf
der Erde. Ganz kinderseelenallein. Da begannen sie zu schreien, zu
rufen, auf die Straßen zu rennen, zum Rathaus, einander zu fragen,
zu weinen, zu wüten und zu beten. Aber es nützte ihnen nichts. Gar
nichts ... Herr Wagenthaler, der Nachtwächter in der Fahrradfabrik,
sagte, er habe im Morgengrauen gesehen, wie von Grubers Dach ein
großer Vogel aufgestiegen sei, mit einem Bündel in den Fängen.
Und – ja, auch daran erinnere er sich jetzt – etwas später habe er aus
dem Birkenwäldchen Kinderstimmen herüberklingen gehört, die
sich allmählich entfernt hätten! Ob es nun stimmte oder nicht, das
war alles, was man wusste. Es nützte so und so nichts. Die Kinder,
alle Kinder auf der ganzen Welt, waren wie vom Erdboden verschwunden ...

Vor dem Konferenzgebäude in Kapstadt, Südafrika, stauten sich Zehntausende verzweifelter Menschen. Sie standen stumm. Sie waren viel zu traurig, um zu schreien und zu schimpfen. Doch gerade die unheimliche Stille auf dem überfüllten Platz tat ihre besondere Wirkung. Die Artilleristen bewachten zwar noch das Portal. Aber sie hatten ihre Kanonen umgedreht. Die Mündungen waren jetzt auf das Gebäude gerichtet. Denn auch Artilleristen haben Kinder …

Im großen Verhandlungssaal saßen die Staatsmänner auf ihren

Plätzen und blickten ratlos auf ihre Notizblöcke. Auch hier fiel kein Wort. Auch ihre Kinder und Enkel waren ja verschwunden! Feldmarschall Zornmüller biss sich auf den Schnurrbart. Wo mochte jetzt der kleine Philipp sein, sein jüngster Enkel, der später einmal sein Nachfolger und mindestens Generaladmiral oder Admiralgeneral hätte werden sollen? Plötzlich knackte es im Lautsprecher, und eine etwas heisere Stimme rief: »Achtung, Achtung! In einer Minute wird aus dem Hochhaus der Tiere eine wichtige Erklärung abgegeben. Oskar, der Elefant, spricht über alle Sender zur Menschheit!«

Die Rede, die Oskar, der Elefant, im Kreise der Tierdelegierten hielt und in der er sich an alle Menschen wandte, war kurz und lautete folgendermaßen: »Seit heute früh sind alle eure Kinder spurlos verschwunden. Diese Maßnahme ist uns nicht leicht gefallen. Denn auch wir sind Eltern, fühlen mit euch und hätten euch den Schmerz gern erspart. Aber wir wussten uns keinen anderen Rat mehr. Nicht wir sind schuld, dass es dazu kam, sondern eure Staatsmänner. Bedankt euch bei ihnen. Unsere Geduld ist erschöpft. Wir wollen und werden nicht länger tatenlos zusehen, wie eure Regierungen eure Kinder, die wir lieben, und deren Zukunft, die uns am Herzen liegt, immer von neuem durch Zank, Krieg, Hinterlist und Geiz aufs Spiel setzen und ruinieren. In euren Gesetzbüchern gibt es eine Bestimmung, dass man Eltern, die nichts taugen, entmündigen kann, das heißt: dass man ihnen ihre Kinder fortnehmen und geeigneteren Erziehern übergeben darf. Wir haben von diesem Gesetz Gebrauch gemacht und eure Regierungen entmündigt. Sie sind ihrer Aufgabe seit Jahrhunderten nicht mehr würdig, und nun ist es genug. Wir haben seit heute früh die Verantwortung für eure Kinder übernommen, und ihr werdet sie nicht eher zurückbekommen, als bis sich eure Regierungen untereinander vertraglich verpflichtet haben, die Welt vernünftig und anständig zu verwalten. Sollten sich die Staatsmänner weigern, so werdet ihr wissen, warum ihr eure Kinder nie mehr wieder seht. Mehr habe ich euch nicht zu sagen. Die erste und letzte Konferenz der Tiere hat, so gut sie es vermochte, ihre Pflicht getan. Heute Abend sechs Uhr ist sie zu Ende. Vorschläge aus Kapstadt werden nur bis zu diesem

Zeitpunkt entgegengenommen, geprüft und beantwortet. Tut, was ihr wollt. Wir tun, was wir müssen.«

Nach diesen Worten verließ Oskar die Rednertribüne. Die übrigen Delegierten nickten ihm ernst und anerkennend zu.

telegramm an alle welt: –..– sämtliche Kinder spurlos verschwunden –..– drittes und letztes ultimatum der tiere –..–
konferenz in kapstadt mit sofortverhandlungen einverstanden
–..– sonderflugzeuge bereits unterwegs, um tierdelegation
abzuholen –..– spätestens dreizehn uhr mit eintreffen der
delegation in kapstadt zu rechnen –..– bitte an alle eltern,
ruhe zu bewahren –

Der Flug nach Kapstadt verging schneller als hinterdrein die Auto-
fahrt durch die von Menschen bis zum Bersten angefüllten
Straßen. Alle wollten Oskar, Paul, Leopold, Alois und Max sehen.
Max, die Maus, saß ganz allein im letzten Wagen, hoch auf vier Kis-

sen, und verbeugte sich nach allen Seiten. Im Großen Verhandlungssaal wurden die fünf feierlich empfangen. Feldmarschall
Zornmüller war ihnen zu Ehren in Zivil erschienen und führte sie
zum Verhandlungstisch. »Meine Herren Menschen«, sagte Oskar,
» – nicht so viel Umstände, wenn wir bitten dürfen. Unsere Zeit ist
kostbar. Und Ihre Zeit leider auch.« Er nahm Platz. »Wo sind unsere Kinder?«, fragte ein Staatspräsident schüchtern. Paul, der Eisbär, gab nur zur Antwort: »Es geht ihnen gut.« Dann begannen die
Verhandlungen.

Paul, der Eisbär, hatte nicht gelogen: Es ging den Kindern recht-
schaffen gut. Vom Erdboden waren sie natürlich nicht verschwunden. So etwas bringen auch die klügsten Tiere nicht fertig. Man
hatte sie ganz einfach versteckt. In Höhlen und Grotten, die kein
Mensch kennt. Auf Inseln und Atollen, die auf keiner Land- oder

Seekarte eingezeichnet sind. In halb verwehten Oasen. In versunkenen Städten. Auf gestrandeten Schiffen. In zerfallenen Palästen und Ritterburgen. Auf einsamen Bergwiesen. In Wäldern und Dschungeln. In Walfischen. In zerborstenen Tempeln. In verlassenen Pfahlbauten, Bergwerken und Weinkellereien. In Adlerhorsten, Taubenschlägen, Dachsbauten und in den Beuteln der Kängurus. Manche Kinder, vor allem die ganz kleinen, hatten zunächst etwas Angst und ein bisschen Heimweh. Aber die Tiere waren allesamt so nett zu ihnen, dass sogar die Babys ihren Kummer vergaßen. Die Kühe und Ziegen kamen angetrabt und brachten frische, noch warme Milch. Die Bären brachten Bienenhonig. Die Affen und Makis schüttelten Kokosnüsse und Datteln aus den Palmwipfeln, Weintrauben gab's, Bananen, Apfelsinen, Himbeeren, Zuckerrohr, Ananas, Erdbeeren, Brombeeren, wilde Kirschen, Pfirsiche, Sauerampfersalat, Sonnenblumenkerne, Maiskolben, Rettiche, Feigen, Spargelspitzen, Reis, Tomaten, Frikassee aus Jasminblüten, Thymian und Waldmeister – die Mahlzeiten waren wirklich sehr abwechslungsreich. Und Spiele gab's auch im Überfluss. Man spielte mit den Tierjungen, ritt huckepack auf den Eseln, Rehen und Wildschweinen, schwamm mit den Schwänen und Delphinen, kletterte mit den Affen und Eichhörnchen schwindelhoch, spielte mit den Büffeln und Zebus Blindekuh und mit den Libellen und Zwergnilpferden Schnelle Post. Ehe man sich's versah, war der Tag herum! Und als sie sich im Wald, in den Höhlen, auf den Schiffen und in den Tempelhöfen schlafen legten, dachten fast alle Kinder: Hoffentlich dauert der Streit zwischen den Tieren und unseren Eltern noch recht lange!

Die Eltern dachten anders. In dieser stummen, kinderlosen Nacht konnte auf der ganzen Erde kein Erwachsener schlafen. Die Väter lehnten an den Fenstern und blickten ratlos zum Monde empor, der

vom Leid der Menschen unberührt übers Firmament hinzog. Die Mütter saßen an den leeren Kinderbetten und Wiegen, und ihre Tränen tropften die Kissen nass. Und die alten Großeltern hockten kopfschüttelnd im Ohrensessel. Es war für alle die schlimmste Nacht ihres Lebens.

Die Verhandlung zwischen den Staatshäuptern und den Tieren ging auch während der Nacht weiter. Die Minister und Präsidenten sahen

blass, verstört und unrasiert aus. Aber Oskar hatte kein Mitleid mit ihnen und blieb unerbittlich. Plötzlich zersplitterte ein Fenster. Ein Stein fiel auf den Verhandlungstisch. An dem Stein war ein Zettel festgebunden. Auf dem Zettel stand: »Es geht um die Kinder, nicht um die Staatshäupter!«»Sehr richtig!«, piepste die Maus.

Währenddem wachten vieltausend Tiere über den Schlaf der Kinder. Der Löwe Hasdrubal, der Vetter von Alois' Frau, saß im Mondschein über einem Rechenbuch für die erste Schulklasse und büffelte, obwohl er ein Löwe war. Wenn die Kinder länger bleiben sollten, musste sie doch jemand unterrichten! »Dass ich, Hasdrubal, der Wüstenschreck, noch einmal Volksschullehrer werden würde, hätte ich bis gestern nicht für möglich gehalten«, sagte er zum Gnu. »Wie viel ist drei mal vier?«

»Weiß ich nicht«, antwortete das Gnu, »frag doch die Kinder! Wo ist eigentlich dein Toupet hingeraten?« »Weiß ich nicht«, sagte der Löwe und grinste. »Frag doch die Kinder!«

Am nächsten Morgen, als die Sonne heraufkam, saßen die Tiere mit den Staatshäuptern noch immer am Tisch. Alois gähnte und riss dabei das Maul so weit auf, dass Herr Zornmüller erschrocken wegrückte. Oskar sagte: »Wir geben Ihnen noch zwei Minuten Zeit. Wenn Sie dann nicht unterschreiben, gehe ich auf den Balkon und halte eine kurze Ansprache an die vorm Palast versammelten Menschen. Ich vermute, dass Sie nach meiner kleinen Rede nicht mehr lange regieren werden.« Da endlich zogen die Herren die Füllfederhalter heraus und unterzeichneten den Vertrag.
Die Tiere hatten gesiegt!
Der Vertrag, den die Staatshäupter unterschrieben, lautete: »Wir, die verantwortlichen Vertreter aller Länder der Erde, verpflichten uns mit Leben und Vermögen zur Durchführung folgender Punkte: 1. Alle Grenzpfähle und Grenzwachen werden beseitigt. Es gibt keine Grenzen mehr. 2. Das Militär und alle Schuss- und Sprengwaf-

fen werden abgeschafft. Es gibt keine Kriege mehr. 3. Die zur Auf-
rechterhaltung der Ordnung erforderliche Polizei wird mit Pfeil und
Bogen ausgerüstet. Sie hat vornehmlich darüber zu wachen, dass
Wissenschaft und Technik ausschließlich im Dienst des Friedens stehen. Es gibt keine Mordwissenschaften mehr. 4. Die Zahl der Büros,
Beamten und Aktenschränke wird auf das unerlässliche Mindest-
maß herabgeschraubt. Die Büros sind für die Menschen da, nicht
umgekehrt. 5. Die bestbezahlten Beamten werden in Zukunft die
Lehrer sein. Die Aufgabe, die Kinder zu wahren Menschen zu er-

ziehen, ist die höchste und schwerste Aufgabe. Das Ziel der echten Erziehung soll heißen: Es gibt keine Trägheit des Herzens mehr!« Wie gesagt, das unterschrieben alle Staatshäupter ...

Als die Menschen durch den Rundfunk erfuhren, dass ihre Staatshäupter den Tieren nachgegeben und den ewigen Friedensvertrag
feierlich unterzeichnet hätten, brach ein solcher Jubel auf der Erde
aus, dass sich die Erdachse um einen halben Zentimeter verbog.
Und als die Eltern hörten, die Kinder kämen zurück, sobald alle
Grenzpfähle beseitigt wären, liefen sie im Dauerlauf an die Grenzen und sägten sämtliche Pfähle und Barrieren kurz und klein. Wo
früher die Sperren gewesen waren, errichteten sie Blumenpforten
und zogen Girlanden. Sogar die Polizei half tüchtig mit. Und nun
gab es kein Hüben und Drüben mehr, und alle schüttelten einander
die Hände. Und da kamen auch schon alle ihre Kinder wieder! Es

war ein Umarmen und Lachen und Weinen, natürlich vor lauter
Freude, wie noch nie auf der Welt. Und als gleich nach den Kindern die Staatshäupter einzogen, wurden auch sie umarmt und ge-
herzt. Es war ein Aufwaschen. Sogar Herr Zornmüller kriegte einen Kuss auf die Backe. Er tat, als ob ihm das gar nicht recht sei,
und gab deshalb dem jungen Mädchen den Kuss rasch wieder
zurück. Das junge Mädchen nahm es ihm aber nicht etwa übel, sondern sagte lachend: »Sie sollten nicht Zornmüller, sondern Schlau-
meier heißen!«

Am Freitag darauf trafen sich Oskar, Alois und Leopold wieder, wie freitags immer, zum Abendschoppen am Tsadsee in Nordafrika. »So eine Konferenz ist eine anstrengende Sache«, brummte Oskar, der Elefant, »alle Wetter! Ich habe mich heute früh beim Baden gewogen. Wisst ihr, wie viel ich abgenommen habe? Vierhundert Pfund!« »Macht nichts«, meinte die Giraffe, »die schlanke Linie ist modern.« Dabei blickte sie neugierig in die Luft. Denn hoch über ihnen kehrten gerade die letzten Vögel, Flugzeuge und fliegenden Teppiche von der Tierkonferenz nach Hause zurück. »Dass ich mich nicht schwarz geärgert habe«, knurrte der Löwe, »ist ein wahres Wunder!« »Dass wir die Menschen zur Vernunft gebracht haben, ist ein noch viel größeres Wunder«, sagte Oskar. »Habt ihr auch gehört, dass sie uns zu Ehren-Erdenbürgern ernennen wollen?«, fragte Leopold. »Das wird sich auch so gehören!«, erklärte Alois stolz. »Mir zu Ehren wollen sie eine Straße Leopoldstraße nennen«, erklärte die Giraffe und reckte ihren Hals noch höher als sonst. »Werdet bloß nicht albern!«, trompetete der Elefant. »Wir taten's ihrer Kinder wegen. Deren Glück ist mir Ehre und Ruhm genug!« Dann hustete er verlegen, verabschiedete sich und rannte nach Hause, weil er seine Elefäntchen ins Bett bringen musste.

Damit ist unsere Geschichte zu Ende. Oder fehlt noch etwas? Natürlich fehlt noch etwas! Stellt euch vor: Tags darauf, am Sonnabend, kam in Südaustralien der Regenwurm Fridolin aus der Erde gekrochen, schleppte sich müde durch den Sand und rief in einem fort: »Heute in vier Wochen Konferenz im Hochhaus der Tiere! Heute in vier Wochen Konferenz im Hochhaus der Tiere!« Das hörte eine Heuschrecke im Vorübersurren, landete und fragte: »Was faselst du da?« »Heute in vier Wochen Konferenz im Hochhaus der Tiere!«, keuchte Fridolin. Die Heuschrecke betrachtete den Regenwurm ironisch. Dann sagte sie: »Das nächste Mal musst du früher aufstehen, mein Lieber. Die Konferenz ist ja längst gewesen!« »So ein Pech!«, meinte Fridolin. »Und ich habe mich so beeilt!« Damit begann er sich auch schon wieder in die Erde einzubuddeln. »Wo willst du denn hin?«, fragte die Heuschrecke. Fridolins Kopf war nur noch halb zu sehen. »Dumme Frage!«, brabbelte er. »Nach Hause! Ich wohne doch auf der anderen Hälfte der …« Und schon war er verschwunden.